绘画技法指导

石膏头像

四川出版集团
四川美术出版社

● 韩文启 著

前 言

　　近几年来，美术高考越来越引起人们的重视，成为最热门的话题之一。初学绘画者如何从掌握最基本的基础知识入手，并在老师的指导下进行正规的专业训练，打好扎实的基本功。在本教材中，学生能够通过学习石膏头像写生，了解人物造型的基本规律。通过运用科学的观察方法，认识形体整体与局部的对立统一关系，掌握表现形体体面和整体立体特征的严谨技法。能够训练学生眼睛的观察能力、脑的形象思维能力、手的表现能力三方面的统一。通过学习全因素素描的表现手法，能够使学生从整体关系及美感效果方面表现出形象的体积感、光感、质感、空间感及色调关系等。使学生体会到形象的美感和性格特征，掌握"尽精微、致广大"的艺术表现手法。同时还要要求学生了解和掌握以线造型、线面结合的表现手法，以适应在复杂光线下也能对物体整体把握。从而使学生尽快掌握素描石膏像造型的基本要求，理解素描石膏像写生教学的基本原理。

第一章　石膏像写生的意义

我们现在素描教学中所常用的石膏像，大多属于西方古希腊、罗马或文艺复兴时期的雕塑艺术精品的复制品。其造型严谨而生动，手法概括而精练，富有强烈的艺术感染力，是素描写生练习的理想模具。

静止不动的石膏头像，色泽单纯，质地单一，反光适度。它舍弃了真人头像的色彩、质感等方面的物质特征，将造型的形体、结构、轮廓、体积等鲜明地呈现出来，有利于去观察、比较。同时，石膏像写生能把画者的注意力集中到认识其整体与局部的关系上，提高这方面的观察能力、理解能力，锻炼既能把握整体造型特点、空间关系、色调层次、质感等，又能深入细致地刻画细节的硬功。石膏像写生还可以使我们了解人物造型的基本规律和表现要领，为进入真人头像写生奠定基础。

第二章 认识头部的结构

在以前的素描教学中，教师往往会把头部的解剖结构放在真人头像写生时讲解，而在石膏像教学中只注重对五官的结构分析，笔者认为这是一个误区。如果能使学生在石膏像写生中熟练掌握头部骨骼、肌肉、形体比例、五官结构等人物造型的一般规律，就能从一种表象的感知上升到理性的分析，从而能使学生更好地掌握整体造型特征，同时也会在深入塑造时做到有规律可循，达到事半功倍的效果。

第一节 头部的形体结构分析

一、头部骨骼

头部的骨架形状，是介于圆球形和立方体之间的一个六面体。

头部骨骼可以分为脑颅和面颅两部分。

脑颅部分由顶骨、额骨、颞骨、枕骨组成。

面颅部分由鼻骨、颧骨、上颌骨、下颌骨组成。

头骨的形状决定着头部的外形特征。

图1

①头部整个形体成立方体。

②头部可分成面颅部与脑颅部。

③面颅部形态可概括成平行的立方形眼眶体、半个圆柱状的上颌体及三角形的下颌体。

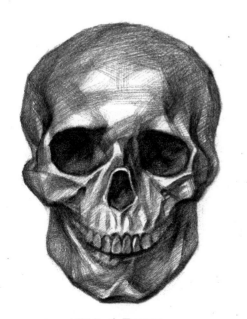

图2 头骨正面

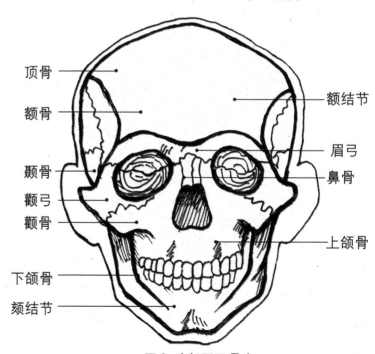

图3 头部正面骨点

顶骨　额结节　额骨　眉弓　颞骨　鼻骨　颧弓　颧骨　上颌骨　下颌骨　颏结节

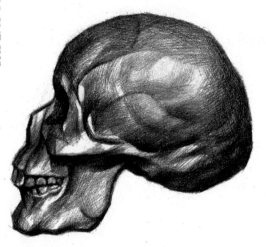

图4 头骨侧面

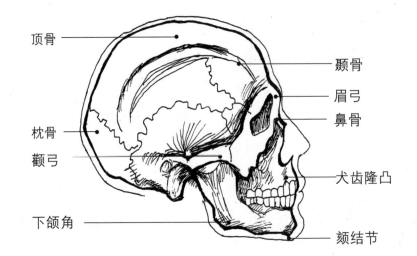

顶骨

颞骨

眉弓

鼻骨

枕骨

颧弓

犬齿隆凸

下颌角

颏结节

图5 头骨侧面骨点

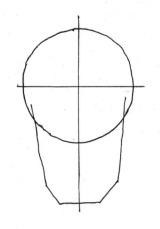 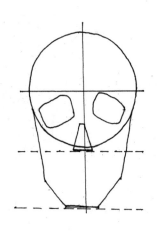 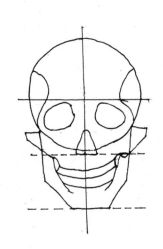 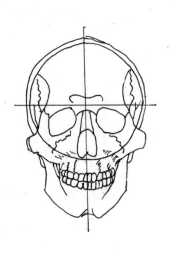

头骨简记法（一）

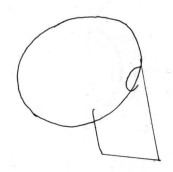 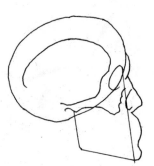 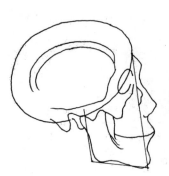 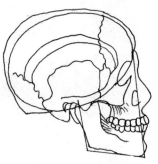

头骨简记法（二）

图6

二、头部肌肉

头部的肌肉可以分为表情肌和咀嚼肌两部分。

表情肌主要包括额肌、皱眉肌、眼轮匝肌、鼻肌、上唇方肌、颧肌、口轮匝肌、颊肌、下唇方肌、颏肌。表情肌的运动对脸部的表情产生直接的影响。

咀嚼肌主要包括颞肌和咬肌。

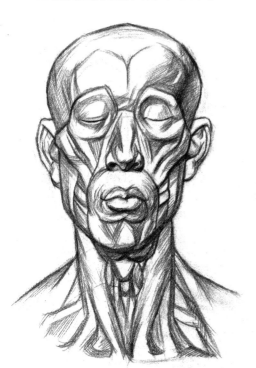

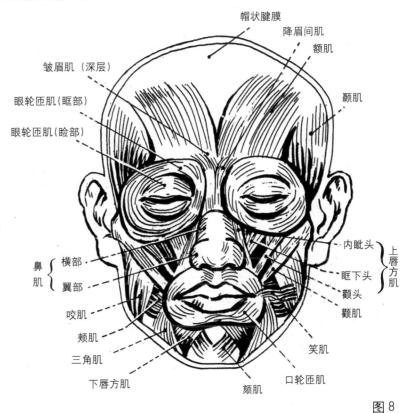

帽状腱膜
降眉间肌
额肌
颞肌

皱眉肌（深层）
眼轮匝肌(眶部)
眼轮匝肌(睑部)

鼻肌 { 横部 翼部
咬肌
颊肌
三角肌
下唇方肌
颏肌

内眦头 ┐ 上唇方肌
眶下头 ┘
颧头
颧肌
笑肌
口轮匝肌

图 8

图 7

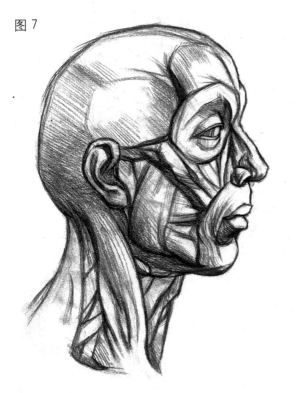

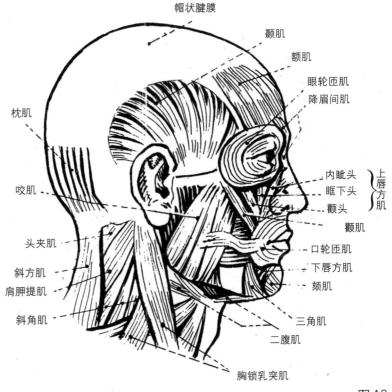

帽状腱膜
颞肌
额肌
眼轮匝肌
降眉间肌

枕肌
咬肌
头夹肌
斜方肌
肩胛提肌
斜角肌

内眦头 ┐ 上唇方肌
眶下头 ┘
颧头
颧肌
口轮匝肌
下唇方肌
颏肌
三角肌
二腹肌
胸锁乳突肌

图 9

图 10

三、头部的骨点(结节)

骨点是骨骼在皮层下面最显露的地方，在头部造型中起着骨架的作用。只要找准了骨点的位置，头部的基本形也就出来了(图11)。

头部骨骼除下颌骨可以活动以外，其他骨骼都是紧密结合在一起的。

图11

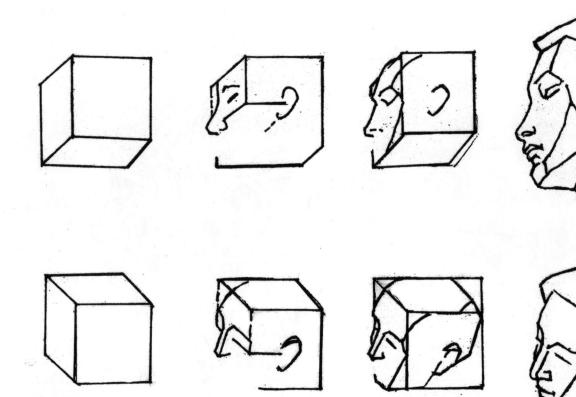

图12

四、头部的基本比例

1、头部的基本比例为"三庭五眼"。

三庭：发际至眉间、眉间至鼻尖、鼻尖至下巴。三段的长度相等而通称"三庭"。

五眼：从正面看脸部最宽处为五个眼睛的宽度。两眼之间距离为一个眼宽，眼外侧至耳各为一个眼宽，统称为"五眼"。

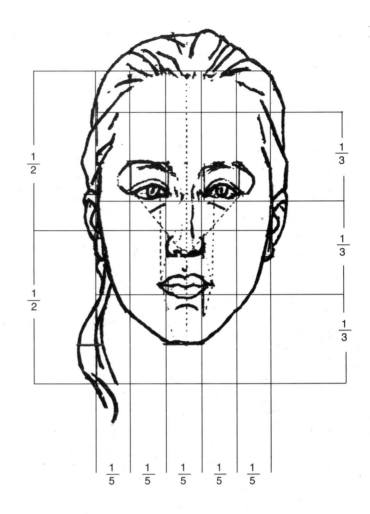

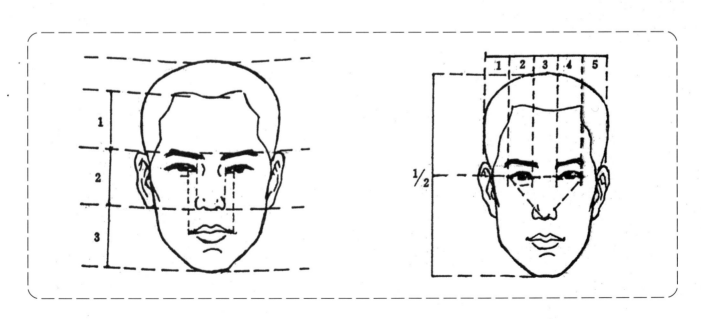

图13

2、五官的关系

眼睛在整个头面部的二分之一处。

鼻翼的宽度为一个眼宽。

耳朵的长度相当于眉弓至鼻底之间的距离，从正侧面观看时耳屏、嘴角到外眼角的距离是相等的。

嘴的口裂在鼻底到下巴的三分之一处，嘴的宽度等于两眼瞳孔之间的距离。

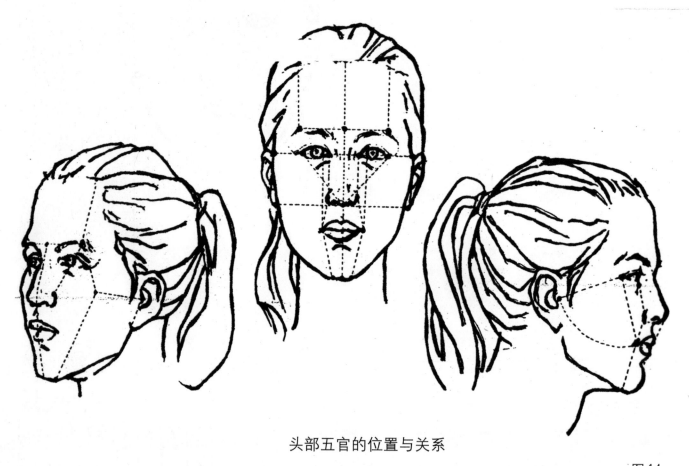

头部五官的位置与关系

图 14

第三章 五官的结构分析

第一节 眼睛

一、眼睛的基本形

从正面看眼睛的形状，上下眼睑各自都有曲线和直线，位置却在不同方向上。随着头部的转动及俯仰，眼睛的形状也会有一些变化。

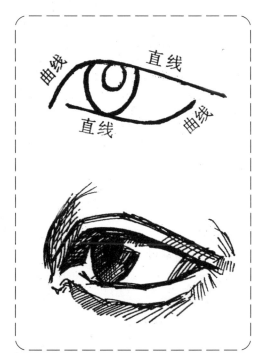

图16

图15

二、眼睛的解剖结构

眼包括眼眶、眼睑和眼球三部分。眼球嵌入眶内，外覆上下眼睑。

眼眶由眶上缘和眶下缘组成。眶上缘主要指眉毛的位置，眶下缘的下沿为泪囊。

眼睑分为上下眼睑。眼睛的开闭全靠上眼睑的活动，上眼睑的弧度大于下眼睑。

图17 眼睛的解剖示意图

眼球是一个球体，可见部分有白色的巩膜，褐色的虹膜。虹膜中央是黑色的瞳孔。平视时虹膜约有三分之一被上眼睑所遮盖，它的下沿与下眼睑齐。

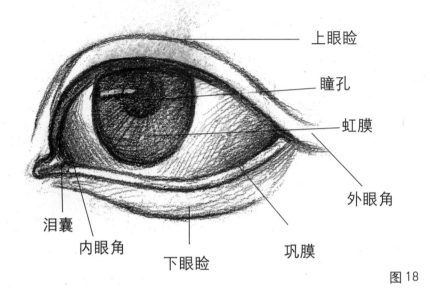

图 18

三、眉

眉起自眶上缘内角，延至外角。内端为眉头，外端为眉梢。主要由眉弓、眉毛组成。眉毛生长在眉弓之上，其走向由眉弓决定。

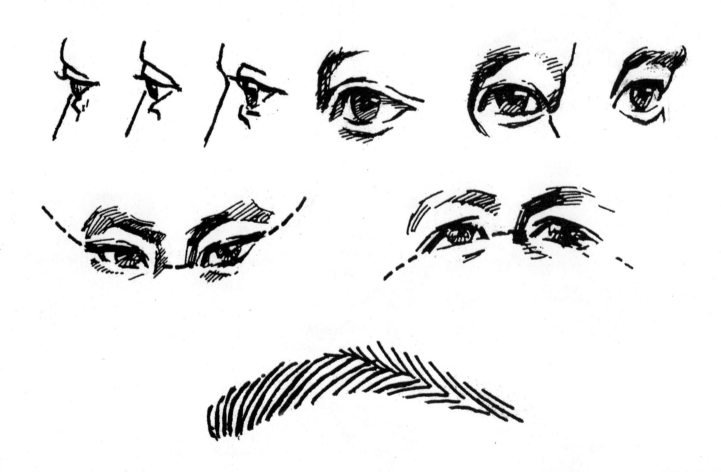

图 19　眼睛与眉的透视变化

图 20

●11●

SHI GAO TOU XIANG

第二节　鼻

鼻分鼻根、鼻梁、鼻尖、鼻翼四部分。

鼻子上端由鼻骨形成，下半部由软骨组成。

鼻骨与鼻软骨相接处在外形上稍呈突起，整个鼻子可以归纳成几个相连的梯形。

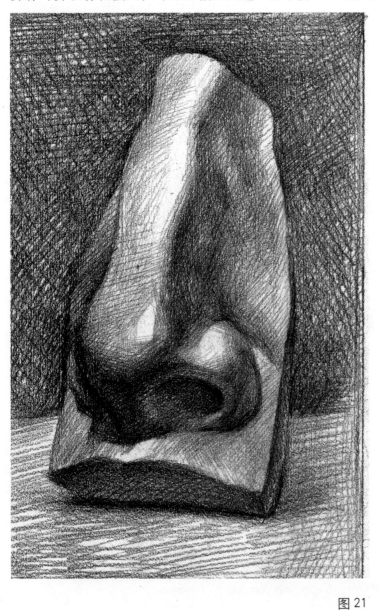

图 21

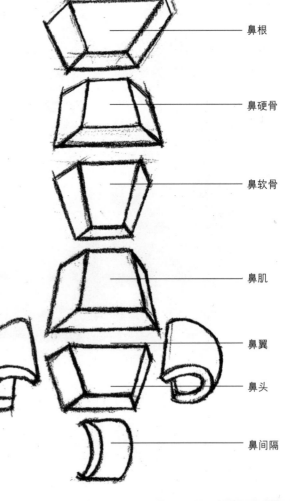

鼻根

鼻硬骨

鼻软骨

鼻肌

鼻翼

鼻头

鼻间隔

图 22　鼻的解剖结构分析

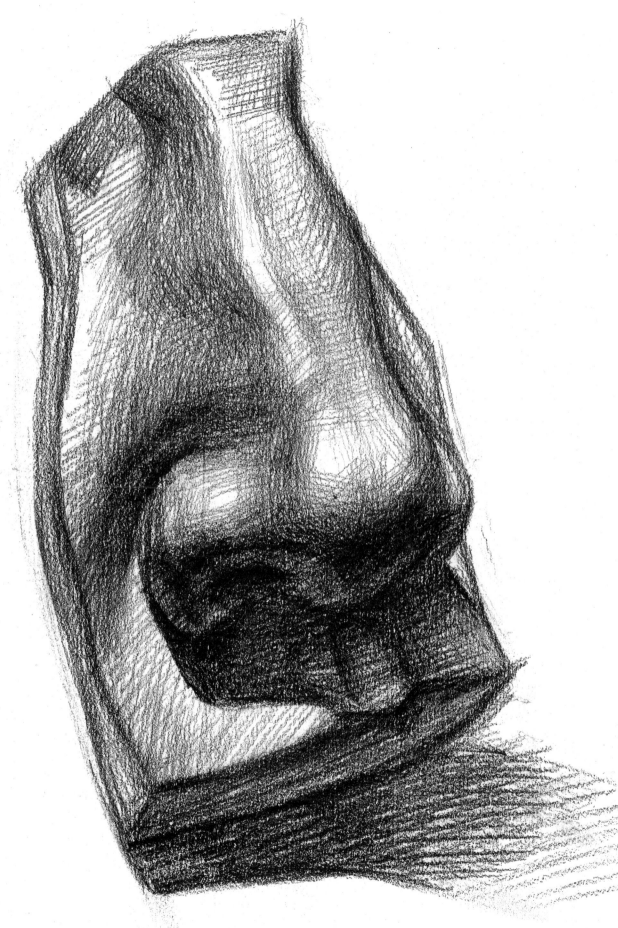

图 23

第三节 口

口部是一个圆弧形形体,它是由上、下颚骨的齿槽和牙齿部分合成半个球形所决定。口分上唇和下唇,两唇相合处为口缝,口缝两端为口角。

上唇从人中开始,左右分为两瓣,中间是上唇结节突起,下唇中间微微凹陷。两唇吻合时口缝及上唇均似弓形,下唇下缘则为弧形。

图 24

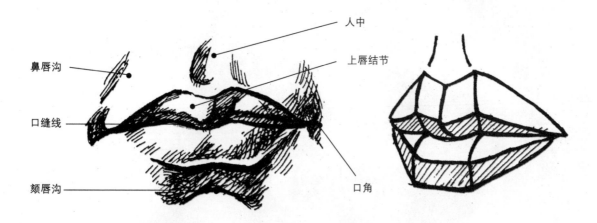

鼻唇沟

人中

上唇结节

口缝线

颏唇沟

口角

图 25 口的解剖结构分析

图 26

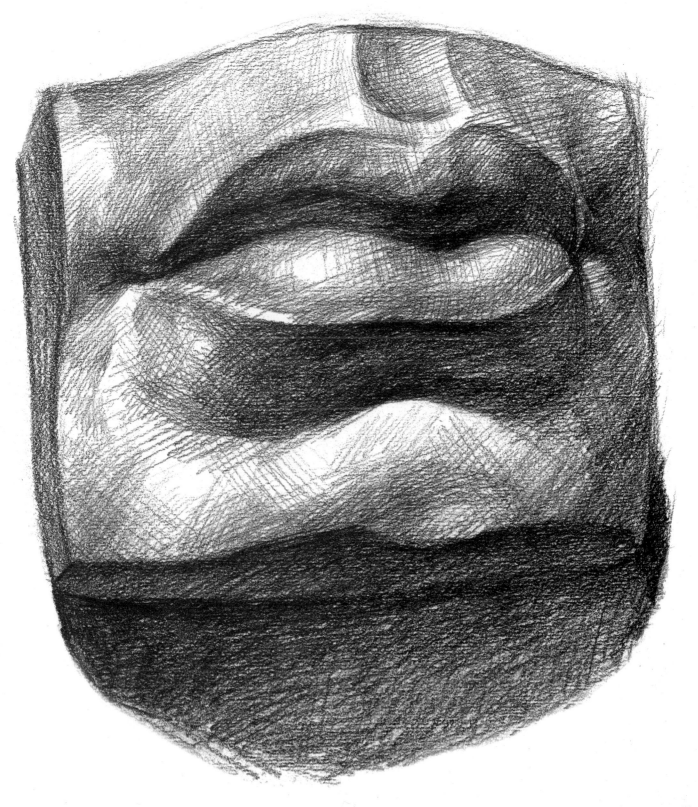

图27

◆15◆

第四节 耳

耳分耳廓、耳屏和耳垂三部分。

耳廓的外缘为耳轮。耳轮外侧有对耳轮,对耳轮呈丫形。上端叉开,其间形成三角形小窝。

耳孔的外面为耳屏。与耳屏相对的为对耳屏。

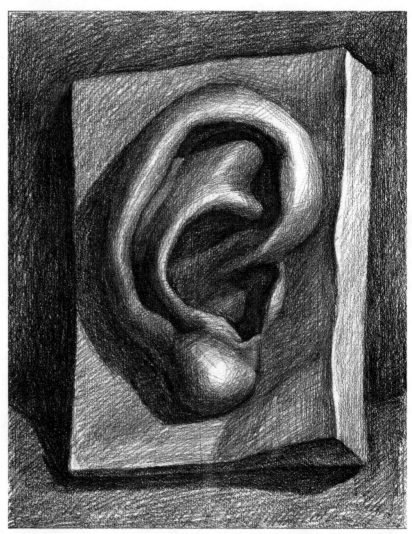

图 29

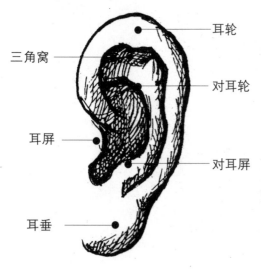

耳轮

三角窝

对耳轮

耳屏

对耳屏

耳垂

图28 耳的解剖结构分析

图30 耳的透视变化

图 31

图 32

第五节 头颈胸的关系

颈像一段圆柱，位于头部和胸部之间。从侧面看，头部位置在颈的前方。颈的两侧有一对肌肉从锁骨和胸骨（在颈窝两边）一直伸到耳朵后面的乳突，这两条肌肉叫"胸锁乳突肌"。它们的伸缩能使颈部转动，转动的时候，颈的形状就起变化，特别是男子更明显，头侧转时这条肌肉几乎垂直于颈窝。

从正面看，颈的分界线由下颌骨两旁一直垂下，圆柱状的颈部有三块三角形的面组成，从侧面看颈是呈倾斜状的长方形。

男子颈部的长度，即下巴到锁骨的长度等于下巴到鼻底的长度。

第四章　石膏头像写生的方法步骤

　　石膏头像写生，可分为互相联系的四个阶段。即构思构图阶段、铺大关系阶段、深入刻画阶段和调整统一阶段。在这一过程中，整体性原则应贯穿始终。

第一节　构思构图阶段

一、构思

　　想画好一个形象首先要认识这个形象，构思来自于观察、感受。通过紧紧把握住"第一印象"的新鲜、强烈的感受，通过全面观察和体会形象特征，在有所感受的前提下选择作画角度。确定作画角度后，还要定点观察形象，近一步体会形象美在什么地方。并用分析几何形体的方法，分析它的基本形体结构状态，例如它是呈圆球形还是呈方块形，圆到什么程度，方到什么程度；哪些部分呈圆，哪些部分呈方，怎样衔接在一起，等等，做到心中有数。另一个重要方面是，在观察、体会形象特征的同时，预想自己的画画效果，包括构图、形体美感、光线色调及表现方法等。如果这一工作做得充分，则会产生激情和作画欲望，从而进入最佳的竞技状态。这是画好一幅素描的最根本保证，也是取得进步，积累作画经验的重要一环。（图33-1）

图33-1　头部的骨骼

二、构图

　　构图是构思的体现、构思的补充和发展。要从多个角度观察比较，确定最能体现对象的造型特征、精神气质，最能表达自己感受的角度进行构图。

　　在构图中，要运用"变化与统一"的原理。处理好多种构图因素之间的关系。为了取得较完美的构图，应作多个小构图进行比较，评价其优劣，择优构图落幅。石膏像写生的画面构图要适当，要综合考虑石膏像的形体构成及其体现的动势、表情等。一般说，石膏像面部所朝的方向与另一侧比应留有稍大空间，以避免堵塞感。（图33-2）

图33-2　头部的形体概括

三、落幅(图33-3)

打轮廓的第一步是用直线条约形,打出形体构成的主要趋势,整体比例关系及大体面的转折关系等。要从石膏像的"大模样"入手,先不要顾及众多细节。第二步是有意识地确定石膏像主要的结构骨点、高点(端点)的位置,其位置主要体现在额结节、眉弓、颧结节、鼻梁、鼻头、下颌结节、下颌角等处。石膏像上的棱角线的起止点、尖角凸起点,包括内外眼角、左右嘴角的位置等,都是重要的点的位置,这些点将制约形体构成五官形象。

为了找准这些关键的点,在用直线约形的过程中,就注意寻找直线的交叉点和转折点,弄清它们之间的相互位置关系。这些点往往就是重要的骨点、端点的位置。除了把握主要骨点、端点相互距离的比例关系外,特别要注意弄清它们的垂直和水平关系。不妨把画面理解为由无数水平线和垂直线构成的坐标图纸,任何一点都有自己特定的坐标方位,并和其他的点产生或垂直水平的联系,在打轮廓时,确定一个点的位置,不要仅和相近的各点比较,而要把眼光放长远,根据垂直线和水平线向上、向下、向右、向左地在整幅画面内进行比较,这样才能把这个点的位置定准。

有的石膏像造型有较复杂的发卷和胡须,如大卫、朱里、荷马、阿里斯托芬等。在打轮廓时,应根据它们的前后左右位置,大小及与头型的构成关系,先分成若干组,找出其大体的体面关系,然后再逐步画出每个发卷或胡须在某一组的位置及形象,不要盲目地一个接一个地照抄它们的轮廓。在画每一个发卷时,也要从体面形象入手,画出其立体特征,不要画成图案似的平面图解。

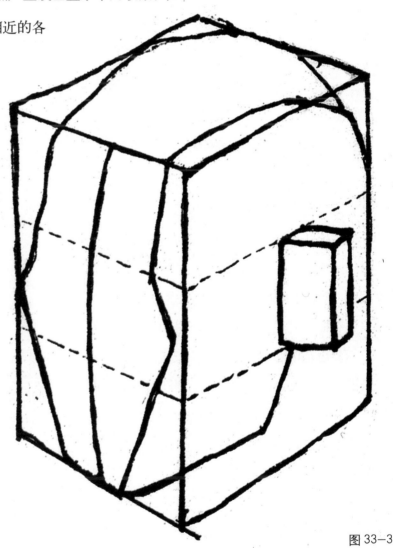

图33-3

打轮廓的用笔方法：打轮廓时不仅要画准形体的比例、透视关系，而且要在线条中体现形体的纵深空间关系。因此，其线条应有轻有重、有虚有实。具体地说，离视点近的主要转折点应画得较清楚和肯定，线条颜色也应稍重；离视点远的部位的轮廓应较虚，颜色也应稍浅一些；处于形体高处转折线位置的线条应较重、较实；处于形体低处转折的轮廓线条应较虚、较浅。这样，可使形体轮廓在不涂明暗色调的情况下，产生一定的空间感和立体感，借此体现和保持整体感觉。由于画面效果井然有序，利于发现和及时纠正错误。相反，如果轮廓线杂乱无章，则很难判断出哪些线条是正确的，哪些是错误的。

图 34

打轮廓常出现的错误和纠正方法：打轮廓阶段最常见的是比例、透视上的错误。产生的原因有三：一是由于感觉和判断能力较差，二是由于视觉上存在着误差，三是由于从局部出发的观察和作画方法。必须培养和提高发现比例、透视错误和纠正错误的能力，不要总是依靠别人替自己改正错误。一旦发现了错误，应下决心一改到底，不要迁就凑合，即使改脏画面，也在所不惜。否则，就如同图35一样，尽管塑造很充分，下面效果较好，但由于嘴部形体比例关系的错误，使得画面失去了美感。

纠正比例、透视错误可以再次借助水平线、垂直线及铅笔长度测量法，但从根本上说，还是要在提高感觉能力和改进观察方法上下功夫。

图 35

第二节 铺大关系阶段

一、确定基本形体

依据从整体到局部的作画原则，运用几何形体的归纳方法，将复杂的头部形体进行最大限度的概括、简化，以确定基本形体。

在画者的眼中，任何形象都有一个视觉中心，也就是最能引起人们兴奋、最引人注意的部分。在画石膏像或人像时，这个视觉中心必然集中在其面部和五官形象上。在确定大体轮廓和找准造型的主要高点之后，应下功夫画准其面部和五官的造型形象，首先要画准处于面部中心位置的两眉、两眼和鼻子的造型关系。两眉、两眼和鼻子约构成一个三角形或"干"字形，这个中心形象起着承上启下和联结左右的作用。鼻子的长度、两眼的距离和宽度往往又是确定其他部位的长度和宽度的比例标准，因此，画家们往往把这一部分当作头部形象的支点来看待。若把这一部分的比例和头部形象关系画错，其他方面也将随之出现一系列错误。此外，两眉、两眼和鼻子的构成走向和角度最能体现整体形象的透视关系，因此，首先画准它们的形象，又具有理解整体透视关系的重要意义。

图36

二、深化内部轮廓

以基本形体为基础，从整体、形体结构出发，通过头部的中轴线与动向线，准确地把握额结节、眉弓、颧结节、鼻尖、下颌结节、下颌角、顶侧隆起骨点的位置和五官位置。

人的头部结构是对称的。在确定骨点及五官位置时，要充分注意这一结构特征，将左右对称的对应部分联系起来画，并准确地把握其透视缩形变化，可以利用垂直的、水平的、倾斜的辅助线，寻求对应点的相互联系和透视变化。但是，无论透视变化如何，形体给人的感觉仍应是对称的。

然后进一步准确画出眼眶、眉弓、鼻、口和耳的形状及透视变化。耳与眼、鼻、口分别在两个不同方向的体面上。但它们是一个整体，画时必须相互兼顾。所谓"画左眼看右眼，画鼻部时看耳部"，也就是这个意思。

要充分注意头部、颈部、胸部（包括底座）的形体结构关系，要相互联系，准确表现。

图37

三、确定块面结构

    确定块面结构即是以结构造型的方式，用线或略加明暗，将对象的形体结构确定下来。检查基本形体是否准确，比例、透视是否妥当，外轮廓与内轮廓是否有机地联系起来，是否准确地表现了形体结构与造型特征的关键。进行深入分析、理解形体结构，确定处于三维空间中形体的转折、凹凸、起伏、特别是额、颧、颏、五官的形体结构及体面关系。

    在石膏头像写生中应该强化这一阶段的训练，可作为单独的训练课题，以提高对头部形体结构的认识，巩固结构造型的能力。

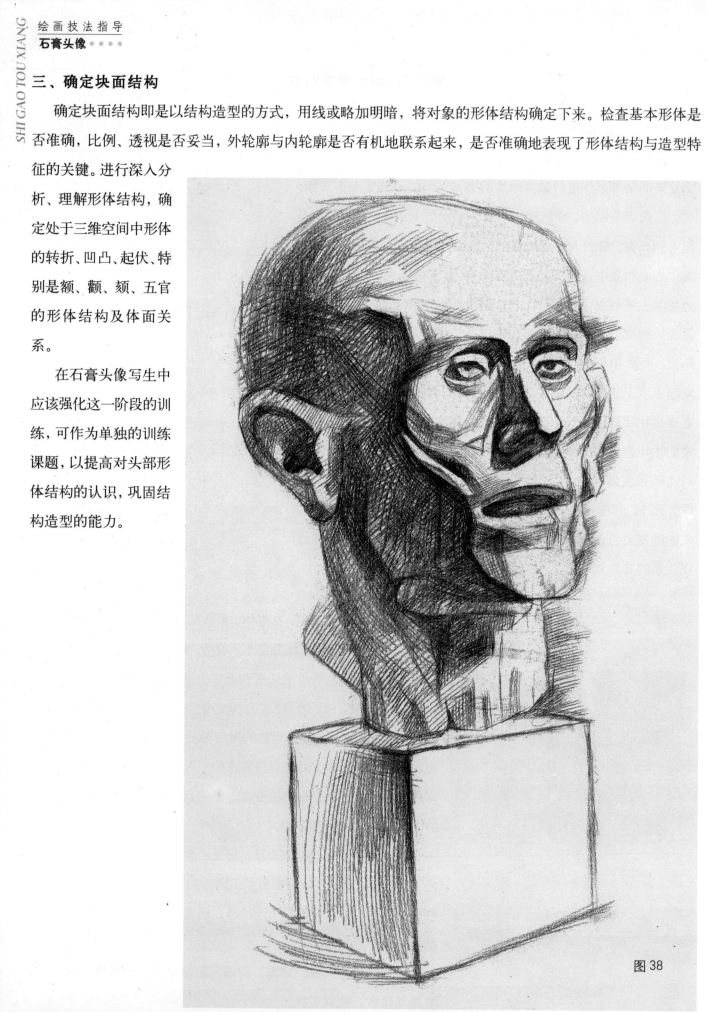

图38

第三节 深入刻画阶段

一、基本形体塑造

　　基本形体塑造主要是以形体结构、明暗交界线为依据，以暗部色调为重点，通过明与暗两大部分的对比关系运用完成的。

　　明暗交界线是区分形体明部与暗部的分界线，是形体向纵深发展的轮廓和形体大面转折的关键部位。但是，确定明暗交界线，并非要从明暗出发，而必须从形体结构出发。

　　通过分析头部的形体结构可以看出，颜面与两侧侧面几乎呈直角。其分界线即是从太阳穴至颧骨，再延伸到嘴角以外，这条分界线即构成一条纵向的明暗交界线。从明暗交界线开始，向暗部一侧画出明暗色调。这里要注意两点：一是明暗交界线的虚实强弱变化。一般来讲，在太阳穴外侧缘、颧骨、下颌骨等几个关键的突出点，体面转折应"实"一些，明暗对比应强一些。二是注意暗部色调纵深的虚实强弱变化。一般来讲，明暗交界线部位应该"实"一些、"强"一些，愈向纵深发展体面愈"虚"，对比愈"弱"。

　　主体形象与背景是相互联系的整体，要在基本形体塑造过程中，联系比较，同时画出，要准确把握形体轮廓与背景的色调比例关系。

二、深入刻画表现

　　在暗部色调基本画好的基础上，接着画明暗交界线亮部一侧的中间色调。这是一个变化丰富、微妙而具有规定性的色调区域，必须认真对待。

　　要准确把握形体起伏变化和体面关系，画出它的形状及形体的穿插关系，充分表现形象的真实性和具体性；要注意综合概括、提炼取舍，控制中间色调层次，不要拉大色调层次的明度差异；要准确地把握中间色调与暗部色调的明度对比关系。依据形体的穿插、衔接等不同的造型、特征，注意虚实强弱变化，避免色调雷同。

　　画亮部的形体，要注意额骨、颧骨、鼻翼等不同倾斜体面的层次，以利于形体的塑造。画亮部色调，仍然要依靠明暗手段去表现形体的起伏关系，而不是简单地平涂一遍灰色。特别是亮部一侧的轮廓线要与背景色调联系起来画，画出向背及形体转折的关系。

　　五官的刻画要始终保持相互照应，同时并进的一致性。但是，一致并不是"一样"，不要面面俱到，主次不分。要充分注意和把握呈对称结构的五官，以及因透视而产生的虚实变化。要仔细分析眉弓与前额、鼻骨、眼窝、眼球的转折、穿插关系。如果右眼及周围的体面与色调要精细刻画，左眼则要弱处理，将其推到相应的空间中去。转入暗部形体的刻画，要在保持暗部统一的前提下使暗部形体充实起来。

图39 飘

　　在深入刻画阶段，色调处理常见的毛病是把色调画"花"、画"腻"、画"飘"。画"花"是由于地对色调层次深浅缺乏比较，不能正确地概括，只停留在照抄局部色调，以致使画面失去应有的黑白灰层次和完整的效果；画"腻"主要是由于用笔过于繁琐呆板，缺少变化和生动性；画"飘"是因为色调中体现不出形体内容，失之于表面和肤浅。

就具体方法而言，在深入刻画时，应从明暗对比最强、色调最重的部位画起，这些部位往往离视点最近，又往往处在明暗交界线的位置。可以说，在铺大体色调时，一般是从近处往远处画，从深色调往浅色调画，并要拉开空间和色调的深浅距离与差别。为了增加作画的把握，在开始时，可用明暗对比弱一层的色调初画一遍，以后每加深一遍颜色，形体内容就更加丰富和具体一些。形体被充分鲜明地表现出来的时候，也就是色调画到家的时候。这是比较稳妥的画法，学用这种方法，收获较大。

石膏像素描的刻画，要表现出坚硬结实、富有雕塑感的形体内容，而不可把形体画得软弱无力。为此，应有宁方勿圆的认识和要求。在刻画中，要运用较细的线条排列和肯定的笔触，尽量把形体的体面关系画得明确具体。在表现大体面时，尤其是表现呈圆形倾向的体面时，要通过对形象观察、分析和理解，把它

图 40 腻

看成是若干方形体面的逐渐过渡转折，并在画面上有所体现，使大效果有圆中见方的力量感。在某些突出而重要的细部，如鼻子、眼睛、嘴等部位，也要适当分出更多的体面转折，形成更多的过渡面，使远看效果更加鲜明有力。当然，石膏像的刻画，不仅要表现出其形体，还要注意体会和表现不同石膏像的不同美感、气质和情调。

石膏的质感主要体现在反光性较强上。由于反光性强，石膏像上出现的任何暗面，无论多么细小狭窄，都存在明暗交界线、反光、投影三个层次关系，所以不能把这些暗面涂成死黑块，必须有透明感。适当表现石膏像的质感会使形象更加生动逼真。

图41 花

第四节 调整统一阶段

整理完成是对石膏形象本身及其与背景空间关系从大效果出发的某些局部性调整。例如，加强某部分的色调深浅对比或减弱对比，减弱某些画得过分而影响整体效果的细节等。如果石膏像在背景上的投影画得过死，影响画面效果，就应擦掉重画或进行调整。

石膏像素描过程中，要注意经常退远或把画面往前挪到一定位置，以便观察整体效果，寻找形象、色调关系中存在的失调现象，随时进行纠正。退远观察大效果，还有助于恢复我们的整体感觉，克服从局部出发观察形象所产生的盲目性。这一点任何素描习作中都是应当反复强调的。

可以将作业放到石膏头像旁，退到一定的距离，让自己的视线在石膏像与画面之间来回观察比较，提出几个问题，在作业中逐一寻找答案。

画面的整体感如何，局部与整体是否统一？

造型是否准确，精神是否体现，在形与神的关系上是否得到统一？

明暗两大部分是否明确，黑白灰色调的比例关系是否准确，对比与协调关系是否恰当？

明暗色调是否与形体结构相联系，是否在形体塑造上发挥了作用？

第一印象的"新鲜感"在画面上是否抓住了，效果如何？等等。

要根据提出的问题、多观察、多比较、多分析、多思考，找准主要问题，找到解决办法。人们常说"改画比画画难"。难就难在一切已经画在纸面上，往往改一点而动全局。修改的"点"一定要找准。否则愈改愈不可收拾。

调整，要从整体出发，抓住整体。将局部调整的过程变为充实整体的过程，调整主要是通过加强与减弱、概括与综合的艺术处理，准确地再现对象，使画面的形象更加鲜明、生动。

图42

亚历山大面像、切面像(图46)

亚历山大雕塑形象清晰，富有特征。因切取的是头部颜面的部分，故称面像。

所谓切面像是将面像的复杂形体，概括简化为不同几何形状、体块，通过不同方向的体面，使轮廓突出又不失原有的形象特征。

通过对切面像的写生，理解面部立体结构的造型规律，准确把握体面的轮廓、比例、转折、透视和明暗变化，掌握体面塑造的初步方法。

图 43

图 44

图 45

图46

朱理·美弟奇(图50)

朱理·美弟奇是意大利文艺复兴时期著名雕刻家米开朗基罗的作品。塑像虽然具有富于个性的优美外形，但在头部微向左窥视的神态中，却流露出内心的空虚和精神上的疲乏与忧郁。

朱理·美弟奇石膏像被广泛用作素描写生教材。在写生中，要准确把握头、颈、胸之间的动态关系。其生动的姿态、卷曲的发型及其神态表现所反映出的思想内涵，都属写生中的难点。

图47

图48

图49

图50

伏尔泰(图54)

伏尔泰是18世纪法国伟大的哲学家、批评家、戏剧家、历史学家和社会活动家。他是法国启蒙运动最有影响的人物之一。由法国肖像雕塑大师乌东制作。

雕像作于伏尔泰经过多年流放生活重返巴黎之时。极度消瘦的面容，蕴涵着坚韧的力量；沉着的神态之中，洋溢着智慧与热情。斜视前方的敏锐目光，表现出对旧势力的鄙弃、嘲讽和哲学家的深邃及老练的风度。

在写生中，要准确把握其形体、结构、比例和动势，以及额部宽大丰满、颜面比较狭小，上唇内收，下巴尖长等造型特征。要抓住额结节、眉弓、颧结节、下颌节等关键部位塑造大体积。而眼神、嘴角、鼻翼及面部肌肉等具体细节所表现的微妙神态，则是写生的难点，应予充分注意。

图51

图52

图53

图54

◆31◆

阿克利巴(图 58)

阿克利巴是古罗马的著名将军和国务活动家,出身贫民,精于文韬武略,是一个意志坚强、屡建战功的军人。

阿克利巴像,雕刻简炼概括,整体感极强。宽阔的前额、紧锁的眉头、突出的眉弓和深陷的眼睛,生动细腻地刻画了一个坚定、威严、睿智的军人形象。其性格特征则通过挺直的鼻梁、稍有转动的头部和发达强健的颈部肌肉,得到充分的揭示和展现。雕像表现出极强的精神因素和写实功力,是公认的石膏头像写生的优秀教材。

阿克利巴石膏头像写生的重点,不在于细节的完美,而在正确把握形体和比例关系,以及在准确动势的基础上,运用几何形体的分析方法和明暗规律,描绘构成头部各种体面的形和色调,塑造好头部的大体积,并使之充实完整。

图 55

图 56

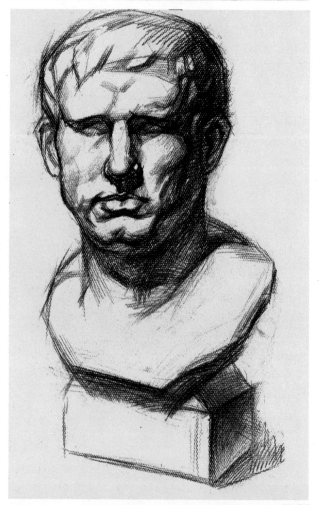

图 57

图58

◆33◆

图 59

图 61

图 60

图62

第五章　石膏头像写生要点

在学习阶段，石膏像素描最好用铅笔。一般来说，铅笔的选择最硬可选到"2H"或"3H"，最软可选到"3B"或"4B"。小型石膏头像可用4开素描纸，较大的石膏胸像用半开素描纸，"大卫"、"奴隶"等大型石膏像最好用整开素描纸。总之，画幅上的石膏形象应略小于石膏像的原大，既不要画得过小，也不要画得超过其原大。

图63

第一节 构图与整体感

整体性是从认识到表现贯穿始终的基本造型原则。在石膏头像写生训练中，要着重围绕"整体性"提出问题，作为石膏头像写生的要点，以进一步增强造型中的整体意识，提高造型能力。

整体感是画者对画面所表达的客观物象的一种认识，以及这种认识作用于观者所产生的一种感觉。它是指画面所呈现的包括准确、生动、概括地表现形体特征和精神内涵在内的完整性。

构图是构成画面整体感的重要因素之一。因此，构图的整体感并非仅仅是将客观物象画"全"，而应该是通过特定的构图形式，将对象的"形"与"神"，呈现于画面，包括对象形体动势、造型特征和神态表情。

图64

　　石膏头像写生及以后的造型训练课题，所表现的主要对象是人，从造型的角度讲，除了人的形体结构、明暗色调的变化较之静物更趋复杂外，还在于人有生命、有精神情感，因此，"形"与"神"是构图整体性不可缺少的因素。要为形象的塑造和精神内涵的表现努力寻求完美的构图形式，在塑造形象的同时，提示人物的性格和精神气质。

图65

第二节　加强与减弱

就形象的刻画与表现来讲，整体感并非意味着面面俱到，刻画愈细愈好。恰恰相反，这正是使整体感遭到削弱与破坏的"通病"。

要提炼概括而不面面俱到，要分清主次而不平铺直叙，这是艺术的规律。整体观察的方法，对象的主体部分将会具体清晰地呈现出来，次要、细小部分将会减弱模糊地消退下去，这是视觉的规律。对于形象的刻画与表现，必须依据艺术的规律和视觉的规律，通过加强或减弱去能动地表现对象，才能获得形象塑造整体感。

图66

作者：周凯凯（学生作业）

"加强"与"减弱"是一对矛盾的统一体，是艺术表现的共同规律。在石膏头像的写生中，"加强"是深入刻画，"减弱"也是深入刻画。对此一部分的"加强"，即是对彼一部分的"减弱"，两者是辩证统一的。那种把深入刻画仅仅理解为"加强"，而把"加强"又误认为是面面俱到重画一遍的认识，是十分片面的，甚至是有害的。

在马赛战士石膏头像的素描中，"加强"与"减弱"得到了充分的体现和完美的统一。作者加强了形体的塑造和体积、空间的表现。通过对颏、下颌骨的加强，对颧骨、眉弓、额丘的逐步减弱，准确地把握并表现出颏与额、"近"与"远"的空间关系。作者抓住形体的大转折关系，对明暗交界线亮部一侧形体的刻画充实而具体，面对暗部一侧则予以减弱；对飘动的头发予以加强，面对向后转折部分又予以减弱，表现出坚实的体积感和从面部到头发的形体起伏及空间感。

图67

第三节 先方后圆与圆中见方

在素描造型中，"先方后圆"与"圆中有方"不仅仅是一个作画的方法问题，而且是造型中的形体结构观念和整体意识的体现。

在素描造型过程中，从以长直线落幅起稿，到随着作画程序的推进和认识的深入，确立趋于立体性的外（内）轮廓，即是从"先方后圆"向"圆中有方"复归的过程。

在深入形体塑造的过程中，从运用几何形体的归纳方法，到通过深入刻画再现客观物象，使造型恢复到视觉的第一印象，也是从"先方后圆"复归为"圆中有方"的过程。

图 68

如果说"先方后圆"反映了素描造型的过程，"圆中有方"则体现于形体塑造的结果。"先方后圆"，就是要在素描造型的过程中，始终抓住形体的结构关系和形体转折的关键部位，而不要含混。"圆中见方"，就是要在深入形体的刻画中，始终从形体的结构、体积（体面）关系出发，去认识和把握形体的明暗色调层次并予以概括表现，但不要圆滑。

在石膏头像写生训练中，不善于"先方后圆"，往往是忽视以至不认识形体结构；不善于"圆中见方"往往是忽视以至不理解形体与体面关系，因而导致形体塑造的简单化、概念化，缺乏形体本身所具有的体积感、质量感，而显得软弱无力。

图69

第六章 教学中常用石膏像分析

图 70

1、阿里亚斯（图 70）

阿里亚斯为希腊雕刻，取材于希腊神话传说《阿里亚斯线团》。

阿里亚斯雕像娴静端庄的面貌，优美动人的低头微转的动势等被刻画十分精细，表现了阿里亚斯的美丽、智慧与善良。

在写生中，要注意雕像的动势和五官的透视变化，要将形体的结构与特点及其因透视而产生的明暗虚实变化画准。头发与发辫的处理要与形体的体积塑造联系起来，从整体出发简练概括地予以表现。

2、荷马（图 71）

荷马是古希腊时期的大理石雕刻。

荷马是传说中的古希腊盲诗人，他的《荷马史诗》被誉为欧洲史诗的典范。雕像通过微妙的动势，深思行吟的特定神态，生动地塑造出传说中的诗圣形象。凝眸的双目，高挑的双眉，布满思痕的额头，微微张开的口，深刻地揭示出诗圣的智慧。

在写生中，要在画准形体、比例、动势的基础上，重点抓好五官及面部特征的深入刻画，注意形体起伏的大关系。胡须的表现要归纳概括，分清主次，以及前后的空间深度和上下起伏的虚实关系。

石膏头像

图 71

3、高尔基(图72)

高尔基是前苏联伟大的文学家。

在写生中，要把握好形象动态和头、颈、胸的关系，注意颈部、头部明确的体块关系与质感的表现。突出面部五官的刻画并注重其精神气质。

图72

4、大卫（图73）

大卫是意大利文艺复兴时期雕塑家米开朗基罗所作。

大卫是《圣经》传说中的一个牧羊少年，因杀死了攻打犹太人的斐利士巨人哥利亚，保卫了祖国，受到了人民爱戴。雕像表现的是大卫手扶着肩上的甩石机，扭头向前方怒目而视，仿佛面对敌人，即将战斗的样子。

雕像总高5.5米，用整块大理石雕成，石膏像《大卫》是其头部原大的形象。

图73

5、马赛战士（图74）

马赛战士是法国巴黎凯旋门群像浮雕《马赛曲》的局部，是19世纪初期法国著名雕刻家吕德的代表作。

战士炯炯有神的目光，激昂的表情，强烈的动势，构成了极为鲜明的造型特征。特别是昂扬的头、飘动的发须，具有很强的表现力。

在写生中，要准确把握头、发、五官所构成的昂扬气势和力度，正确地画出头部的透视和内在的结构秩序，控制好大的体块关系和明暗色调的虚实关系。发、须是富有表现力的部分，要联系头部的透视变化，注意空间深度的表现、归纳、分组同时进行，要十分注意整体感。

图74

6、阿里斯托芬（图75）

阿里斯托芬曾被误传为"海盗"。雕像的记载与考证尚有不同说法。一是称此像为哲学家塞内卡。另一是以雕像的制作年代和表现手法为依据，而断定是希腊杰出喜剧家阿里斯托芬。相传他创作了44部喜剧，内容涉及奴隶、农民、妇女和哲学各个方面。

雕像通过松驰的肌肉、深邃的眼神，稀疏散发贴着前额的细节刻画，以及前倾而扭转的动态，鲜明地表现了一个老年智者的精神世界和性格特征。

在写生中，要准确把握头、颈、肩的关系和动态，画准头的结构、比例及形体。头发、皱纹等细节的刻画要服从于头的体积塑造。要把握头部形体变化的大关系，注意整体感和完整性。

图75

7、罗马青年(图 76)

罗马青年是古罗马雕刻，作者不详。

雕像表现的是罗马政治家、刺杀暴君恺撒的首谋者——马克·尤尼·布鲁特斯，又称《小布鲁特斯》。

塑造形象时要始终从形体的结构、体积（体面）关系出发，去认识和把握形体的明暗色调层次并予以概括表现。但不要圆滑，要体现出"方中带圆"的感觉。

图 76

范画赏析

图77

图 79

49

图 81

◆51◆

图 82 作者：胡遵彩

图83 作者: 安 军

图84 作者：安军

图85 作者：孙翔

图86 作者：孙翔

图 87 作者：曹超

责任编辑：易翔
封面设计：曹瑜

本册：12.00元

ISBN 7-5410-2416-3

ISBN7-5410-2416-3/J·1818

全套六册定价：72.00元